[illegible]夫　詩集一

目次

はじめに

東日本大震災と原発事故について

　私が、二〇一一年三月十一日午後二時過ぎに近くの公園の遊歩道を散歩していると急に地面が大きく揺れだして立っていられなくなり、近くのベンチに腰掛けました。周りの木々を見るとゆらゆら揺れておりました。しばらくすると揺れが収まったので、歩き出すとまた大きな揺れが起こったので再びベンチで休みました。

「関東大震災の時には地面が大きく揺れて立っていられなかった」ということを子供の時に聞いていたことを思い出し、今回もきっとそれに匹敵する大地震に違いないと思いました。

　帰宅してテレビをつけてみると地震が発生したのは十四時四六分で、地震の大きさは観測史上最大級のマグニチュード九・〇ということでした。

岩手県から福島県の海岸には巨大津波が何度も押し寄せてくる情景が放映されておりました。

仙台空港は海水があふれてきて海のようになっておりました。

この地震により東日本の太平洋沿岸では多くの人々が巨大津波の犠牲になりました。

中でも特に、巨大津波によって多くの溺死者と多くの行方不明者が発生したことが注目されます。

これまでに、三陸地方では津波による多くの犠牲者が何度も出ております。

その理由の一つとして、津波の被害に遭って生き残った人たちは自分が体験した悲しみ、苦しみ、悲惨な状況などをできるだけ早く忘れようとして、無意識のうちに心の奥底にとじ込めて、教訓として後世の人々に積極的に伝承してこなかったことがわざわいしていると思われます。

しかし、日頃から津波の襲来に対する避難訓練を充分に行っていた岩手県のある中学校の生徒たちは地震を感じると自主的に駆け出して避難行動を起こし、近くの小学生も一緒に連れて高台まで避難して全員無事でした。

日本列島は、ユーラシアプレート、北米プレート、太平洋プレート、フィリピン海プレートが重なり合う接点上にあるので、各プレートの動きによるヒズミが大きくなると大地震や大津波が発生してきたという歴史があります。

このような地理的条件から今後も何年かに一回は大地震や大津波が発生すると予想されております。

私は、東北地方太平洋沖地震、巨大津波および原発事故を体験した者として、巨大地震、巨大津波、原発事故の怖さ、悲惨さ、悲痛な思い、悲しさ、苦痛などを歌にして後世の人々へ長く伝承することによって、死亡者、行方不明者、けが人、その他の被害などを少なくすることに役立てたいと思いました。

しかし、私は作曲も演奏もできないので、曲をつけやすい定型詩を創作することを決意し、東北地方太平洋沖地震、巨大津波および原発事故に関する定型詩をシリーズで創作いたしました。

でも、東北地方太平洋沖地震、巨大津波、原発事故からの復興がまだ十分進まず、悲惨な状態から抜け出せない人々が大勢いる中で、私が創作した定型詩をすぐに公表することにはためらいがありました。

そうこうしているうちに、二〇二一年二月一三日にはマグニチュード七・三の福島県沖地震が発生しました。

続いて、二〇二二年三月一六日にはマグニチュード七・四の福島県沖地震が発生して、東北新幹線の車両が脱線し、その全面復旧に約一か月を要しました。

そして、二〇二三年九月一日には、マグニチュード七・九の関東大震災が発生してから丁度百年目の防災の日を迎えました。

これを機に、私は東北地方太平洋沖地震、巨大津波と過酷な原発事故などをいつまでも後世に伝え続けることを願ってこれらの震災と事故に関連する定型詩をこの詩集の冒頭に提示して公表することにいたしました。

それでも生きるについて

東日本大震災の後にも各地では地震、豪雨被害、水害、新型コロナウィルス感染症の世界的な大流行などに遭遇してきました。

さらに、海外では、二〇二二年二月にロシアのクロアチア侵攻が進められ、二〇二三年十月にはハマスとイスラェルとの戦闘が起きて、物価も上昇しております。

このような状況下にあっても、へこたれないで、積極的に前向きに、かつ明るく、強く生きていこうとする人々へエールを送るための定型詩をシリーズで創作いたしました。

東日本大震災と原発事故

津波はこわいよ

沖の地震は　悪魔だよ
こわいよ　こわいよ
地震の後に　津波来る
こわいよ　こわいよ
引いては寄せる　大津波
こわいよ　こわいよ
寄せては返す　大津波
こわいよ　こわいよ
逃げ遅れると　さらわれる
逃げよ　逃げよ　高台へ
急げ　急げ　急げ　急げ

早く　早く　高台へ

沖の津波は　悪魔だよ
こわいよ　こわいよ
あっという間に　津波来る
こわいよ　こわいよ
押し寄せてくる　大津波
こわいよ　こわいよ
予想を超える　大津波
こわいよ　こわいよ
油断してると　さらわれる
逃げよ　逃げよ　高いとこ
急げ　急げ　急げ　急げ

早く　早く　高いとこ

つなみ

じしんのあとには　つなみくる
にげおくれると　さらわれる
つなみはこわいよ　あくまだよ
あっというまに　やってくる
はやくにげよう　たかだいへ

おおきなつなみは　おしよせる
ぐずぐずすると　さらわれる
つなみはこわいよ　またくるよ
ゆだんしてると　さらわれる
はやくにげよう　うらやまへ

津波の逃げ方

地震の後に　津波来て
車で逃げて　渋滞し
動きが取れず　もたついて
あっという間に　さらわれる

避難した人　欲張って
最初の波が　引いた後
忘れたものを　取りに行き
次の津波に　さらわれる

着の身着のまま　逃げたとて

避難場所から　戻らない
生き残ること　第一に
助かる場所に　居続ける

避難訓練　役に立て
津波来る前　走り出し
津波の来ない　ところまで
みんな怪我なく　避難する

大震災

春の弥生の　昼下がり
地震の後に　津波来る
急いで逃げる　高台へ
追い打ちかける　雪が降る

着の身着のまま　逃げたので
寒さが沁みる　全身に
夜が更けても　眠れない
大事な人の　無事祈る

港の船は　陸の上

家と車は　流される
がれきの山が　うず高く
この状況で　どう生きる

嘆いてばかり　いられない
強く生きよう　この土地で
復興めざし　頑張って
この状況を　乗りこえる

人の情けに感謝する

海から遠い　わが家まで
津波くるとは　思わずに
地震のあとを　整える
そこに大きな　津波くる

急いで逃げる　二階まで
こわい津波は　押しよせる
家は流され　舟になる
助かりたいと　知恵しぼる

波に漂う　方舟で

一夜を明かし　生きのびる
朝日は昇り　助けくる
人の情けに　感謝する

家族はどこに

地震のあとの　無情の波に
連れてゆかれた　大事な家族
どこにいようが　生きててほしい
今日も会えずに　宵闇せまる

愛と笑顔が　みなぎる家族
会えなくなって　寂しい暮らし
早く家族と　再会したい
風雨にめげず　まだ探してる

愛しい家族　どこにいるのか

どんな姿に　なったとしても
早く家族の　姿を見たい
また会う日まで　探し続ける

震災哀歌

愛しい人を　奪った波よ
早くわたしへ　返しておくれ
情けあるなら　身内を探す
この悲しみを　癒しておくれ

がれきの山に　積もった雪よ
もの憂い気持ち　溶かしておくれ
情けあるなら　身内のいない
このもの憂さを　薄めておくれ

みぞれ交じりの　そぼふる雨よ

せつない気持ち　洗っておくれ
情けあるなら　孤独な人の
このせつなさを　救っておくれ

空吹き渡る　海の小凪よ
身内の行方　教えておくれ
情けあるなら　一人ぼっちの
沈むこころを　飛ばしておくれ

震災挽歌

こわい津波に　さらわれた子の
親は悲しく　とけたい気持ち
つらい思いが　みなぎってくる
落ちる涙が　衣をぬらす

逃れられずに　流された子の
親は侘びしく　むなしい気持ち
無念の声が　親を呼んでる
無情の波が　こころをぬらす

あっという間に　先立った子の

親は寂しく　なきたい気持ち
好きなお花を　墓に供える
わが子の霊を　大事に暮らす

助けられずに　亡くなった子の
親は悔しく　なしたい気持ち
この震災を　語り続ける
この教訓を　未来に渡す

新たな夢を

無言の姿　見るのがつらい
哀れに思う　わが連れ合いを
遺影に向かい　花を手向けて
生前しのび　冥福祈る

声を掛け合う　相手がいない
気立てやさしい　わが連れ合いと
想定外の　悲しい別れ
先が見えずに　こころが揺れる

互いに励み　長く連れ添い

苦労かけたが　二人の夢を
果たせなかった　許しておくれ
二人の分を　元気に生きる

形あるもの　すべて失い
この世の暮らし　ままならないが
世間の人の　力を借りて
新たな夢を　めざして生きる

愛情交わす写真

あなたの寿命　運命なのか
愛しいあなた　もういなくなり
寂しい気持ち　起きるときには
空を見てると　晴れやかになる

あなたがいれば　楽しいはずの
二人の暮らし　取り戻せない
いつも明るく　生きてたあなた
二人の愛は　永久に生きてる

あなたの写真　額縁にして

朝な夕なに　話しかけてる
愛情交わす　喜び感じ
生きぬく力　また湧いてくる

魅力ある人

二人の暮らしは　幸せだった
あなたがいたから　いつも楽しく
夢を追いかけて　励まし合えた
あなたの魅力は　永久に生きてる

一人暮らしには　慣れてきたけど
寂しい時には　写真を見てる
すてきな面影　優しい声で
幸せですかと　ささやいてくる

二人の暮らしは　忘れられない

あなたの魅力は　輝いている
互いの想いを　大切にして
これからの暮らし　明るく生きる

この世の命

あなたと暮らし　幸せだった
あなたと別れ　孤独だけれど
けなげに生きた　あなたを偲び
二人の夢に　挑んでゆこう

人の幸せ　金で買えない
一人暮らしは　寂しいけれど
よりよく生きる　生き方見つけ
意義あることを　やり続けよう

この世の命　粗末にしない

天命を知り　おおらかにして
高みをめざし　苦境乗り越え
幸せの花　咲かせてゆこう

ふるさとの空

ふるさとの地に　春が来て
花を楽しむ　頃だけど
願い叶わず　連れ合いは
巨大津波に　さらわれた
悲しみの中　ふるさとの
ふるさとの春　夜は更ける

二人の趣味は　楽しくて
日々の暮らしは　満ちていた
ともに旅した　想い出の
写真アルバム　宝物

写真に命　宿っている
互いの命　宿っている

寂しい気持ち　起きるとき
二人の写真　ながめてる
ともに暮らした　想い出は
私のこころ　慰める
暗い夜が明け　ふるさとの
ふるさとの空　日は昇る

別れの春

夫婦仲よく　生きてくことを
誓っていたが　無常の波が
あなたの命　さらっていった
悲しみに耐え　一人で生きる

愛しい人と　別れた春は
喪失感や　寂しさなどを
感じていたが　こころの痛み
乗り越えながら　元気に生きる

別れの春が　訪れるまで

いつも仲よく　幸せだった
すてきな暮らし　こころに留めて
いつも明るく　生き永らえる

わがきみよ

ともにまみえた　わがきみよ
こころ通わせ　語りあい
夢を抱いて　勤しんだ
愛しいきみは　もういない

ともに夢みた　わがきみよ
悲しみ深く　やるせない
夢の半ばで　みまかった
花の香届け　わがきみへ

ともに旅した　わがきみよ

二人の写真　なつかしい
この世の命　途絶えても
こころに生きる　たましいは
ともに暮した　わがきみよ
夢の続きを　叶えたい
二人の夢を　たいせつに
育てて花を　咲かせよう

わが妻よ

ともに暮らした　わが妻よ
二人の夢を　語りあい
苦楽をともに　勤しんだ
愛しい妻に　感謝する

ともに夢みた　わが妻よ
偕老の夢　叶わない
妻は一人で　天国へ
写真の前に　花飾る

ともに旅した　わが妻よ

写真の姿　愛おしい
優しい妻は　隠れても
輝くこころ　生きている

ともに過ごした　わが妻よ
二人の夢を　叶えたい
夢の続きを　引き継いで
夢を叶える　知恵絞る

こころ優しい母

こころ優しい　だいじな母は
辛いときにも　よく耐え抜いて
献身的に　尽くしてくれた
その尽力に　感謝をしよう

こころ優しい　かしこい母は
周りの人に　気配りをして
明るい希望　持たせてくれた
その気配りに　感謝をしよう

こころ優しい　すてきな母は

避難暮らしに　耐えきれなくて
一人寂しく　長旅に出た
惜別の歌　捧げまつろう

母へ捧げる歌

苦労重ねて　育ててくれた
母の姿が　忘れられない
苦難に向かう　勇気をくれた
母の慈愛に　感謝している

無理な希望を　許してくれた
母の言葉が　忘れられない
人生かける　目標くれた
母の教えに　感謝している

家族のために　尽くしてくれた

母の生き方　忘れられない
努力すること　示してくれた
母の熱意に　感謝している

すてきな人

人に気遣う　やさしい言葉
周囲の人を　やる気にさせた
光り輝く　すてきな人よ
その功績を　ほめ称えよう

ふだんの暮らし　本気で生きて
いつも人から　信頼された
信望厚い　すてきな人よ
その生き方に　感謝をしよう

夢のなかばで　旅立ったけど

明るい希望　持たせてくれた
いつも優しい　すてきな人よ
清い祈りを　捧げまつろう

愛しい人

環境変化　よく耐えて
しなやかに咲く　花のよう
この世の中を　気立てよく
趣味を楽しみ　生きていた
愛しい人は　もういない

四季の変化に　適応し
華やかに咲く　花のよう
時の変化に　よく応え
慕われながら　暮らしてた
優しい人は　もういない

自然の中で　色映えて
美しく咲く　花のよう
どんなときにも　穏やかに
笑顔浮かべて　話してた
気遣う人の　夢見たい

わが友よ

ともに学んだ　わが友よ
こころ開いて　語りあい
目標めざし　いそしんだ
すてきな友は　もういない

ともに遊んだ　わが友よ
元気な姿　なつかしい
この世の命　はかないが
記憶に残る　友情は

ともに歩んだ　わが友よ

こころが痛み　やるせない
道の半ばで　息たえた
花を捧げる　わが友へ

ともに励んだ　わが友よ
楽園の夢　語りあい
幸せの花　愛でながら
夢で逢おうよ　これからは

わたしは泣かない

わたしは泣かない　約束だから
愛おしい人と　別れたけれど
こころの痛みを　早くなおして
楽しい生き方　見つけてゆこう

わたしは泣かない　夢があるから
沈んだこころを　和ませながら
いじけていないで　元気を出して
苦労をいとわず　励んでゆこう

わたしは泣かない　使命あるから

人のこころを　明るくさせる
幸せの花を　いつも咲かせて
すてきな幸せ　招いてゆこう

津波のあと

津波のあとの　港には
一人たたずむ　侘しげに
傷んだ船が　泣いている
海鳥もまた　愁いてる

津波のあとの　海辺には
枯れ松残る　寂しげに
カラス一羽が　休んでる
潮風もまた　嘆いてる

津波のあとの　岸辺には

霧雨が降る　悲しげに
訪ねた人が　祈ってる
波音もまた　悔やんでる

津波のあとの　荒野には
住む人いなく　草むらに
元いた人が　偲ばれる
コスモスだけが　咲いている

だいじな人

なくした絵本　戻ってこない
なくした楽器　戻ってこない
大切なもの　すべて無くなる
だいじな人に　早く会いたい

なくした絵本　贈ってもらい
なくした楽器　贈ってもらい
お礼の歌を　演奏できる
だいじな人に　聴かせてみたい

救援の品　届けてもらい

感謝の気持ち　とても大きい
曇ったこころ　明るく晴れる
だいじな人に　歌ってあげたい

優しい姉妹

優しい姉妹　弁当背負い
高台にある　避難小屋まで
がれきの坂を　元気に上り
被災者たちに　笑顔で配る

救援食を　取りに行けない
老人たちは　いつも食事を
届けてもらい　喜んでいる
姉妹たちには　大感謝する

優しい姉妹　弁当背負い

歩いていると　すれ違う人
ねぎらう言葉　交わしてくれる
役に立ちたい　思い強まる

ラジオ体操

避難のシニア　集まって
ラジオ体操　やっている
苦難に耐えて　助けあい
人のつながり　大切に

みんなそろって　輪になって
ラジオ体操　続けてる
こころの痛み　乗りこえて
みんな元気に　休まずに

みんな仲よく　顔見せて

ラジオ体操　続けてる
避難の暮らし　耐えしのび
希望をもって　和やかなに

復活しよう

大切な　ふるさとが
津波に　呑みこまれ
わが家が　流され
身内が　いなくなる
安全神話　信じてきたが
穏やかな暮らしは　いつできる
つらい　つらい　つらい
わが家がないと
はやく　はやく　はやく
建設しよう

住みなれた　ふるさとが
津波に　破壊され
仕事を　奪われ
不安が　つのってる
避難生活　抜け出したいが
やりがいある仕事　いつできる
つらい　つらい　つらい
仕事がないと
はやく　はやく　はやく
復活しよう

住みよいまちづくり

震災跡は　いたましい
いかに無念で　つらくても
生きてることに　感謝して
苦難乗り越え　生きぬこう

曇るこころに　耐えぬいて
再建の夢　持ち続け
その実現に　精出して
あきらめないで　頑張ろう

見えない力　信じつつ

明るい希望　持ち続け
わがふるさとを　再建し
住みよいまちに　してゆこう

想定外で済まされようか

こわい津波で　まち全体が
被害甚大　無残な姿
この被災者の　大きな痛み
想定外で　済まされようか

交通途絶え　電話通じず
助けられない　尊い命
この犠牲者の　無念の気持ち
想定外で　済まされようか

原発事故で　人影見えず

避難できずに　被曝した牛
食むえさもなく　悲惨な姿
想定外で　済まされようか

世界の人を　震撼させた
原発事故の　大きな被害
追い打ちかける　風評被害
想定外で　済まされようか

春はいつ来る

海で漁する　海辺の人は
魚売らずに　どうして暮らす
山の仕事で　生きられようか
魚の捕れる　春はいつ来る

イチゴを作る　農家の人は
イチゴ売らずに　どうして暮らす
塩の畑で　生きられようか
イチゴの実る　春はいつ来る

牛乳搾る　牛飼い人は

乳を売らずに　どうして暮らす
飲めない乳で　生きられようか
牛乳出せる　春はいつ来る

お米を作る　農家の人は
お米売らずに　どうして暮らす
他の仕事で　生きられようか
田植えのできる　春はいつ来る

原発事故がなかったら

原発事故が　なかったら
仲間とともに　のびのびと
サッカー野球　できたのに
外で楽しく　遊びたい

環境汚染　なかったら
青空の下　元気よく
テニス水泳　できたのに
外で自由に　動きたい

見えなえ危険　なかったら

花咲く野山　踏み分けて
キャンプ散策　できたのに
外で愉快に　過ごしたい

窓の中

わが人生の　大切な時
大震災に　振り回されて
施設使えず　座って学ぶが
実技できずに　困ったものよ

外で遊べず　教室の中
外部被曝が　まだこわいくて
窓の外側　眺めているが
仮の校舎で　物足りないよ

汚染騒ぎで　教室の窓

締め切ったまま　夏は暑くて
授業できない　この状態が
早く終われと　願っているよ

親子の絆

危険知らない　幼いわが子
原発事故の　危険をさけて
つらいけれども　窓を締め切り
暑さに耐えて　わが子を守る

笑顔を見せる　可愛いわが子
わが子のために　命をかけて
どんな時にも　よい盾になり
明るく生きて　わが子育てる

けなげに生きる　無邪気なわが子

この人の世で　元気に育て
親子でともに　短冊つくり
笹竹かざり　幸せ祈る

原発避難

津波の後の　原発事故で
緊急避難　発令された
着の身着のまま　急いで逃げる
逃げた場所には　放射線降る

避難した場所　危険だからと
別の場所へと　避難しなおし
避難の場所を　転々とする
平穏な日は　いつ訪れる

先の見通し　つかないままに

知らない土地に　逃れてきたが
仮の避難で　不安が募る
住みよい暮らし　願って生きる

いつ帰れるの

除染除染と　叫んけれど
除染終わらず　不安消えない
こんな体験　初めてだから
いつになったら　不安消えるの

帰還帰還と　誘われるけど
幼児を連れて　帰還できない
放射線量　心配だから
いつになったら　ともに住めるの

廃炉廃炉と　言われるけれど

見えない恐怖　取り除けない
人の健康　大切だから
いつになったら　帰還できるの

穏やかな暮らし

住めない郷里は　どうなるのだろ
元いた家では　生きてゆけない
家族がくつろぎ　団らんできる
普段の暮らしを　取り戻したい

わが家の暮らしは　どうなるのだろ
家族は散り散り　ともに住めない
安全なまちに　安心できる
すみかを見つけて　住んでゆきたい

避難の暮らしは　いつ終わるだろ

このような暮らし　何よりつらい
家族が一緒に　楽しくなれる
潤い感じる　家に住みたい

われらの願いは　いつ叶うだろ
みんなが仲良く　災害のない
住みよいところで　笑顔になれる
穏やかな暮らし　取り戻したい

望郷の歌

美しい　ふるさとの
環境　汚染され
すみかを　奪われ
遠くへ　避難する
原発神話　信じてきたが
安全な暮らしへ　いつ戻る
こわい　こわい　こわい　こわい
原発事故で
つらい　つらい　つらい　つらい
こころは揺れる

鳥が鳴く　花園の
ふるさと　追い出され
なりわい　奪われ
不安が　増してくる
原発神話　壊されたので
住み慣れたわが家へ　いつ帰る
こわい　こわい　こわい　こわい
原発事故で
つらい　つらい　つらい　つらい
それでも生きる

ふるさとのサクラ

春ふるさとの　サクラ咲いても
あのすばらしい　花見できない
月の光に　輝くサクラ
馴染みの人と　眺めてみたい

春らんまんの　サクラ咲いても
ふるさと遠く　花見できない
サクラ吹雪に　吹かれてみたい
せめて香りを　届けてほしい

春華やかな　サクラ咲いても

今宵楽しい　宴できない
情けあるなら　満開の花
月の鏡に　映してほしい

春千万の　サクラ咲いても
花見できずに　こころ晴れない
愛しい人と　花見をしたい
花のトンネル　歩いてみたい

環境汚染なくなれば

環境汚染　なくなれば
緑の森の　恵み得て
きれいな土地を　耕して
作物作り　始めるよ
早く地元へ　帰りたい

環境汚染　なくなれば
おいしい米を　作付けて
おいしい果実　実らせて
多くの野菜　作れるよ
早く農業　始めたい

環境汚染　なくなれば
荒れたわが家を　建て替えて
すてきな庭の　手入れして
季節の花を　咲かせるよ
安らぐ暮らし　続けたい

われらの願い

恵み豊かな　きれいな海を
世界の人と　取り戻したい
海岸線を　美しくして
みんなの海を　守ってゆこう

命のもとの　きれいな水を
世界の人と　つくってゆきたい
環境保全　しっかりやって
地球の水を　きれいにしよう

安心できる　きれいな空を

世界の人と　取り戻したい
胸いっぱいに　空気を吸って
元気いっぱい　生き続けよう

きれいな海と　水と空とを
世界の人と　分かち合いたい
自然環境　大切にして
尊い地球　守ってゆこう

歌の力

震災に遭い　こころが沈む
訪れた人　真心こめて
慰めの歌　歌ってくれる
沈むこころが　軽やかになる

身内と別れ　こころが痛む
訪れた人　哀愁こめて
惜別の歌　歌ってくれる
痛むこころが　癒されてくる

避難の暮らし　こころが霞む

訪れた人　リズムに乗せて
懐かしい歌　歌ってくれる
霞むこころが　晴れやかになる

ふるさと離れ　こころがしぼむ
訪れた人　情熱こめて
ふるさとの歌　歌ってくれる
しぼむこころが　膨らんでくる

生きる力

侘しい時は　侘しい歌を
すみかを離れ　聞く歌声は
南部牛追い　愁いを救う
ふるさとの歌　こころに沁みる

悲しい時は　悲しい歌を
すみかを離れ　聞く歌声は
荒城の月　無常を歌う
ふるさとの歌　歌いたくなる

寂しい時は　寂しい歌を

すみかを離れ　聞く歌声は
新相馬節　涙を誘う
ふるさとの空　見上げたくなる

夢みる時は　夢みる歌を
すみかを離れ　聞く歌声は
新しい歌　希望を詠う
生きる力が　また湧いてくる

喜び交わすふるさと

こころの宝　奪われたけど
希望の星を　夜空に見つけ
凍えたこころ　あたため合って
生きる炎を　燃やし続ける

晴れわたる空　煌めく星に
あふれる涙　きらりと光る
声をかけ合い　励まし合って
尊い命　生き永らえる

どんな辛さも　乗り越えながら

震災前の　暮らしのように
地域の仲間　力合わせて
喜び交わす　ふるさとにする

わがふるさと

美しかった　ふるさとよ
四季の景色が　なつかしい
いつよみがえる　あの姿
取り戻したい　あの景色
四季の花咲く　ふるさとを
自然豊かな　ふるさとを

花が咲いてた　ふるさとよ
人の温もり　なつかしい
いつよみがえる　あの暮らし
大事にしたい　あの情緒

花見のできる　ふるさとを
潤いのある　ふるさとを

住みやすかった　ふるさとよ
日々の暮らしが　なつかしい
連帯感が　強かった
取り戻したい　あの暮らし
祭り楽しむ　ふるさとを
温もりのある　ふるさとを

夢あるふるさと

ふるさと復興　挑もうよ
過去を悔やまず　励もうよ
われらの力　結集し
夢ある自然　取り戻し
豊穣の歌　歌おうよ
生まれた地域　好きだから

住みよいふるさと　つくろうよ
目標めざし　励もうよ
夢ある事業　すぐ興し
地域の祭り　楽しんで

ふるさとの歌　歌おうよ
住んでる地域　好きだから

夢あるふるさと　つくろうよ
最善尽くし　励もうよ
みんな仲良く　協力し
夢のふるさと　栄えさせ
幸せの歌　歌おうよ
実りの時節　巡るから

桜並木の歌

津波来たこと　伝えるために
サクラの苗木　みんなで植えて
きれいな花を　咲かせてゆこう
花が咲いたら　歩いて見よう

命と住まい　守れるように
並木の由来　伝え続けて
安全なまち　築いてゆこう
いつも明るく　暮らしてゆこう
こころ豊に　暮らせるように

花園つくり　祭り続けて
豊かな自然　残してゆこう
住みよいまちで　永く生きよう

われらの思い

われらの思い　大切にして
苦難にめげず　復活めざす
ふるさとのこと　語らいあって
仲間の意識　強めてゆこう

われらはいつも　力合わせて
復活のため　最善尽くす
仲間の絆　確かめあって
意欲を燃やし　励んでゆこう

われらはいつも　希望をもって

勇気を出して　復活果たす
互いの前途　励ましあって
このふるさとを　良くしてゆこう

高台移転

みんなそろって　高台移転
苦難のりこえ　力合わせて
新たな歴史　刻んでゆこう
にぎやかなまち　築いてゆこう

希望に燃える　新たな天地
小鳥さえずる　自然の里で
みんな仲良く　励んでゆこう
助け合うまち　育ててゆこう

活気あふれる　すてきな郷里

若者が住む　楽しいまちで
やりがいのある　ことを興そう
魅力あるまち　育ててゆこう

夢が膨らむ　緑の大地
花々が咲く　きれいなまちで
生きがいのある　暮らしをしよう
住みよいまちを　栄えさせよう

フラガール

わたしはいわきの　フラガール
夢のステージ　笑顔ふりまき
ハワイアンズの　情熱こめて
華麗なダンス　演じてゆこう

わたしは輝く　フラガール
いつも爽やか　もてなす気持ち
スパリゾートの　ダンスにのせて
喝采浴びる　演技をしよう

わたしはすてきな　フラガール

フラの衣装に　こころ弾ませ
腰をふりふり　腕くねらせて
歓声あがる　ダンスをしよう

わたしは夢売る　フラガール
夢の世界の　フラのダンスを
見る人たちの　胸おどらせて
夢とあこがれ　与えてゆこう

フラガールズ甲子園の歌

わたしは元気な　フラガール
若さあふれる　乙女心で
みがいた技に　情熱こめて
見事なダンス　お披露目しよう

わたしは陽気な　フラガール
フラの衣装に　ひとみ輝き
青春の夢　ダンスにのせて
はつらつとした　演技をしよう

わたしはときめく　フラガール

夢の舞台で　こころ弾ませ
腰をふりふり　腕くねらせて
若さ溢れる　ダンスをしよう

わたしは華やぐ　フラガール
晴れの姿で　胸おどらせて
夢見るような　フラのダンスを
栄冠めざし　演じてゆこう

スイセン

冬の寒さに　よく耐え抜いて
春の息吹を　知らせてくれる
気高い色の　スイセンの花
生きる希望を　与えてくれる

春の陽ざしに　優しく咲いて
明るい色で　里を彩る
とてもすてきな　スイセンの花
幸せ気分　与えてくれる

いつも清らか　けなげに咲いて

幸せそうに　ほほえんでいる
甘い香りの　スイセンの花
生きぬく力　与えてくれる

ハスの花

清楚な姿　ハスの花
朝日を浴びて　清らかに
天に向かって　咲いている
清いこころが　湧いてくる

優美な姿　ハスの花
定めの命　懸命に
生きる喜び　示してる
生きぬく力　強くなる

尊い姿　ハスの花

気品あふれる　雰囲気に
迷うこころが　諭される
勇気と希望　満ちてくる

ヒマワリの歌

育てたヒマワリ　きれいに咲いた
鎮魂の丘に　静かに咲いた
わたしの顔見て　ささやく笑顔
元気に生きよと　教えてくれる

かわいいヒマワリ　明るく咲いた
思い出の丘に　みごとに咲いた
優しくささやく　すてきな笑顔
陽気に暮らせと　勧めてくれる

黄色いヒマワリ　優しく咲いた

幸せの丘に　気高く咲いた
青空にそよぐ　幸せの風
幸せつかめと　誘ってくれる

ヒマワリ

空に向かって　凛としている
すくすく育つ　ヒマワリ見ると
沈むこころが　軽やかになり
明るい希望　湧き出してくる

太陽向いて　輝いている
明るい色の　ヒマワリ見ると
曇るこころが　晴れやかになり
幸せ気分　膨らんでくる

情熱の花　咲かせてくれる

幸せ色の　ヒマワリ見ると
寂しいこころ　朗らかになり
生き抜く力　また蘇える

キバナコスモス

静かな里に　キバナコスモス
金色に咲き　笑みを浮かべて
花見る人を　迎えてくれる
黄色い花に　こころが晴れる

すてきな園に　キバナコスモス
たおやかに咲き　そよ風に揺れ
花見る人を　癒してくれる
黄色い花に　こころ惹かれる

夕陽の丘に　キバナコスモス

明るく咲いて　華やかになり
花見る人を　うれしくさせる
黄色い花は　幸せくれる

ハマギク

純白に咲く　ハマギクの花
想い出の地に　よく耐え抜いて
いつも明るく　咲き誇っている
勇気をくれる　清らかな花

気品みなぎる　ハマギクの花
気高い人の　魅力を秘めて
光り輝き　ときめいている
希望をくれる　爽やかな花

清純に咲く　ハマギクの花

すてきな人の　面影秘めて
いつも優しく　ほほえんでいる
幸せくれる　愛おしい花

サザンカの花

白い花びら　サザンカの花
清い姿で　ときめきながら
笑みを浮かべて　迎えてくれる
優しいこころ　伝わってくる

八重の花びら　サザンカの花
乙女心を　育みながら
楽しい夢を　膨らませてる
優美な容姿　愛おしくなる

赤い花びら　サザンカの花

夕陽を浴びて　輝きながら
幸せそうに　ほほえんでいる
幸せ感が　広がってくる

奇跡の一本松

津波に耐えた　一本松は
空に向かって　元気に生きて
被災者たちに　生き抜く力
与えてくれた　希望の松よ

勇気をくれた　一本松は
元の姿に　再生されて
地元の人に　栄える力
示してくれる　宝の松よ

再生された　一本松は

感謝を込めて　黙とうされて
見る人たちに　不思議な力
与えてくれる　奇跡の松よ

震災遺構

震災遺構　見る人たちに
津波の猛威　しっかり伝え
同じ悲しみ　繰り返さない
安全策を　徹底しよう

震災遺構　見る人たちに
同じ災難　受けないように
納得できる　教訓伝え
避難訓練　続けてゆこう

震災遺構　反面教師

津波逃れて　生き延びる策
堅く誓って　未来の人に
伝え続けて　栄えてゆこう

大震災の歌

大震災は　自然の摂理
無くせないから　事前対策
しっかりやって　被る被害
最少限に　抑えてゆこう

大震災は　自然現象
忘れたころに　必ず起きる
人の命は　大切だから
生き残る知恵　獲得しよう

大震災は　地殻変動

大きくなると　必ず起きる
生き残るため　大切なこと
教訓として　伝えてゆこう

想定外

まだまだ未知の　自然の中で
何が起きるか　予測できない
想定外は　必ず起きる
それでも生きる　知恵者になろう

想定外に　遭遇しても
想定外と　言いわけしない
未知の世界の　想定外に
打ち克つ力　獲得しよう

日々の暮らしで　ときたま起きる

想定外に　びくびくしない
うん蓄極め　五感を磨き
生きぬく力　強めてゆこう

上手な生き方

台風竜巻　地震と津波
夏場の大雨　冬の大雪
天変地異など　無くせないから
自然の変化に　備えて生きる

生老病死は　自然の摂理
不老や不死など　言葉の世界
健康長寿は　大願だから
生きぬく力を　強めて生きる

宇宙は変化し　すべては無常

永久不滅は　架空の世界
この世の苦楽は　変化するから
上手な生き方　見つけて生きる

震災孤児の歌

震災孤児は　せつないが
この世の人に　助けられ
生きてることに　感謝して
苦難にめげず　生きてゆく

みなしごの身は　もの憂いが
こころの痛み　やわらげて
悲しみこえて　前を見て
望みをいだき　生きてゆく

親のない子は　貧しいが

弱音をはかず　くじけずに
生きる力を　強くして
自立をめざし　生きてゆく

一人ぼっちは　寂しいが
愁える気持ち　耐え忍び
新たな出逢い　期待して
生きがい見つけ　生きてゆく

すてきな秋の宵

なんてすてきな　秋の宵
愛しい人の　たましいが
大きな月に　宿っている
見とれるような　心地する

優しくともる　家並みの
窓の明かりが　あたたかく
幸せそうな　ぬくもりが
わが暮らしにも　やって来る

月がすてきな　秋の宵

夢見るような　心地して
愛しい人を　思い出す
呼んでるような　声がする

それでも生きる

求める答え

日々の暮らしは　楽になるのか
今のままでは　先が見えない
何をしたなら　こころ晴れるか
求める暮らし　いつできるのか

頼れるものは　この世にあるか
運に頼れず　こころもとない
どこに行ったら　迷い消えるか
この難問の　答えあるのか
求める答え　手に入るのか

青い鳥でも　運んでこない
神の風なら　運んでくるか
望む暮らしは　いつ叶うのか

どこに答えは　隠れているか
山にもいない　海にもいない
呼べば答えが　飛んで来るのか
求める答え　手の中にある

ピエロの顔は厚化粧

ピエロの顔は　厚化粧
笑っている顔　わからない
困っている顔　わからない
何かの望み　抱いてる

ピエロの顔は　無表情
楽しい気持ち　わからない
悲しい気持ち　わからない
ピエロのしぐさ　語ってる

ピエロの顔は　厚化粧

いつもおどけて　笑わせる
いつもまぬけて　笑わせる
いつも成功　望んでる

ピエロ

嘆くなピエロ　甲斐ないと
嘆けば不幸　寄ってくる
チャンス見つける　すごい人
めざして早く　踏み出そう

泣くなよピエロ　悔しいと
泣けばこころが　弱くなる
優しくなれる　強い人
めざして今日も　頑張ろう

ぐずるなピエロ　気がないと

苦労しながら　よく生きる
希望に満ちる　光る人
めざしていつも　張り切ろう

ピエロの願い

わたしはピエロ　浮いているのか
周りの人と　歩調合わない
わたしの思い　貫きとおし
笑われながら　生き永らえる

世間知らずの　愚かな者か
勝ち目ないのに　勝負しながら
ドジを踏んでは　迷惑かける
それでも懲りず　挑み続ける

半歩ずれてる　はみ出し者か

笑われ者か　邪魔者なのか
ピエロはピエロ　どんなときにも
わたしの道を　歩み続ける

大きな願い　どう叶えるか
朝な夕なに　考えながら
ドジを踏まずに　偉業成しとげ
命輝く　生き方探る

ピエロの歌

わたしはピエロ　多くの人を
笑わせるのが　自分の役目
今日も飽きずに　工夫しながら
ピエロの役を　演じてゆこう

拍手少ない　時にはつらい
世の中にある　笑いのネタを
上手に使い　笑わせながら
暮らしのために　励んでゆこう

真心こめて　まじめな顔で

時代遅れの　間抜けのように
おどけたことを　行いながら
つらい思いを　忍んでゆこう

自分の芸で　暮らしを立てる
これも一つの　生きてゆく道
いつも明るく　ふるまいながら
期待に応え　演じてゆこう

陽気なピエロ

わたしはいつも　陽気なピエロ
笛を吹いても　踊ってくれず
思い通りに　いかないけれど
希望をもって　励んでゆこう

打つ手打つ手が　裏目になって
非難されたり　消沈したり
生きてゆくこと　辛くなるけど
開き直って　勇んでゆこう

誤解されたり　あざけられたり

生きづらいこと　いろいろあるが
日々の修行で　たくましくなり
世知辛い世を　渡り歩こう

この世の中で　楽しさ見つけ
どんな勤めも　陽気にこなし
多くの人を　嬉しがらせて
幸せ求め　励んでゆこう

都会のカラス

わたしゃ都会の　せわしいカラス
時間外にも　盛り場あさる
嘆くだけでは　空しくなるよ
活動すれば　生きてゆけるよ

繁華街には　住めないカラス
町のはずれに　ねぐら求める
過去のことなど　どうでもいいよ
未来を見れば　明るくなるよ

今は都会の　出張カラス

ねぐらと餌場　往復してる
じっとしていりゃ　餓え死にするよ
出張すれば　餌見つかるよ

明日は都会の　王様カラス
空を飛んでりゃ　世の中変わる
明日の望みを　抱いて寝るよ
夢を見てれば　嬉しくなるよ

田舎のカラス

わたしゃ田舎の　のんびりカラス
気の合う友と　一緒になって
四季の移ろい　楽しみながら
のどかな里で　気長に生きる

好きなところに　ねぐら求める
川の浅瀬で　水浴びをして
空を飛んでりゃ　心地良いから
里のリズムで　楽しく生きる

田舎の暮らし　性に合ってる

森や里には　餌が多くて
変化のテンポ　ゆっくりだから
スローライフで　のびのび生きる

生まれ故郷に　愛着がある
なじみの群れで　仲良くなって
空を飛んでりゃ　爽快だから
無理をしないで　住み続けてる

自分変われば

運が悪くて　しがない暮らし
こころは曇り　ときおり湿る
過去を振り向きゃ　辛さが増すよ
夢に向かえば　晴れ間が見える

うだつ上がらず　はがゆい暮らし
曇ったこころ　ときどき濡れる
嘆いていても　仕方がないよ
見方変えれば　こころが晴れる

今は場末の　つましい暮らし

力つけると　チャンスが巡る
足踏みだけじゃ　進歩がないよ
前に進めば　笑顔になれる

卒業しよう　わびしい暮らし
笑顔でいると　晴れやかになる
過去と他人は　変えられないよ
自分変われば　人生変わる

遠回り人生

宇宙の星の　光でさえも
いつも真っ直ぐ　進んでいない
暗闇の中　進んでいると
重力に負け　曲がって進む

人の道にも　効率的な
最短距離は　存在しない
回り道でも　へこたれないで
大器晩成　信じて励む

進む方向　失わないで

やりたいことを　楽しみながら
多くのことに　挑み続けて
進化しながら　チャンスをつかむ

筋書きのない　人生ドラマ
右や左に　遠回りして
迷いながらも　目標めざし
つかんだチャンス　活かして励む

達人に感謝

尊敬してる　達人からは
自信を持てと　励まされ
意識して　活動する中で
いつも自信を強め　進化する
その達人に　感謝する

信頼できる　達人からは
上をめざせと　励まされ
体力と　強靭な気力で
さらに上をめざして　進化する
その達人に　感謝する

憧れている　達人からは
活躍の術　飛躍の術の
お手本を　貪欲に学んで
日々の暮らしの中で　進化する
その達人に　感謝する

先達に感謝

尊敬してる　先達は
向かう進路と　人生の
目標くれた　親切に
その先達に　感謝する

信頼してる　先達は
世のためになる　生き方の
助言をくれた　励ましに
その先達に　感謝する

憧れている　先達は

真似したくなる　生き方の
手本示した　礎に
その先達に　感謝する

人徳のある　先達は
夢追う道の　先々の
手がかりくれた　はなむけに
その先達に　感謝する

チャレンジしよう

新たなことに　チャレンジしよう
未来を見据え　知見を広め
誇りに思う　新たな分野
希望に燃えて　拓いてゆこう

独創めざし　チャレンジしよう
探究心で　本物求め
光り輝く　新たな天地
自信強めて　拓いてゆこう

上をめざして　チャレンジしよう

レベルの高い　成果を求め
幸せ招く　新たな世界
情熱込めて　拓いてゆこう

輝ける人生

世界は変わる　価値観変えて
視点も変えて　挑戦しよう
あなどらずに　輝ける人生
叶えられるよう　頑張ろう
試練乗り越え　大胆に

環境変わる　戦略変えて
態度も変えて　知恵出そう
へこたれずに　輝ける人生
叶えられるよう　張り切ろう
逆風に耐え　前向きに

チャンスが変わる　行動変えて
進化しながら　革新しよう
あきらめずに　輝ける人生
叶えられるよう　やり抜こう
変化乗り越え　真剣に

初夢

初夢に見る　七福神は
枕のそばで　ささやいてくる
ささやき信じ　励んでいれば
そのうちきっと　良いことがある

宝の船の　七福神は
笑顔の人に　福を授ける
いつも笑顔で　励んでいれば
めでたい宝　授けてくれる

初夢に見る　七福神は

縁起が良いと　伝えられてる
それを信じて　励んでいれば
望む願いを　授けてくれる

夢よぶ調べ

夢よぶ時は　夢よぶ曲を
明るい音色　ほのぼのとする
穏やかな曲　夢を奏でる
すてきな夢が　訪れてくる

夢よぶ時は　楽しい曲を
楽しい音色　わくわくさせる
軽快な曲　愛を奏でる
楽しい夢が　訪れてくる

夢よぶ時は　好みの曲を

すてきな音色　こころ酔わせる
幸せの曲　ロマン奏でる
雅な夢が　訪れてくる

夢見るこころ

夢が欲しけりゃ　よろこびの歌
歌えばこころ　朗らかになる
歌の詞が　こころに沁みて
夢見るこころ　かもし出される

夢が欲しけりゃ　ロマンスの歌
歌えばこころ　ほのぼのとする
歌の調べに　こころ惹かれて
夢見るこころ　膨らんでくる

夢が欲しけりゃ　しあわせの歌

歌えばこころ　ときめいてくる
歌の音色に　こころが酔って
夢見るこころ　みなぎってくる

すてきな夢

すてきな夢を　描けたら
今からすぐに　立ち上がり
勇気を出して　どうどうと
めざした夢に　突き進み
すてきな夢の　花咲かせ
すてきな夢を　実らせる

すてきな夢が　あるかぎり
胸おどらせて　燃えさかり
強みを生かし　ちゃくちゃくと
夢に向かって　駆け抜けて

すてきな夢の　花咲かせ
すてきな夢を　実らせる

すてきな夢を　持ち続け
こころ弾ませ　信じきり
何があっても　やりぬくと
夢叶うまで　よく励み
すてきな夢の　花咲かせ
すてきな夢を　実らせる

夢に向かって

きらりと光る　夢叶えたい
健康管理　しっかりやって
元気はつらつ　勇気を出して
奇跡のチャンス　求めてゆこう

未来を拓く　夢叶えたい
時代の流れ　先読みをして
研さん重ね　進化しながら
全力注ぎ　励んでゆこう

とてもすてきな　夢叶えたい

一期一会を　大切にして
見えない力　引き寄せながら
夢に向かって　挑んでゆこう

夢を叶える

夢は大きく　やること多い
ぐずぐずしてる　暇がないから
できることから　すぐ始めよう
楽しい夢を　追い続けよう

生きてるうちに　夢叶えたい
足りない力　補強しながら
信念強め　強気でゆこう
夢をめざして　前に進もう

夢あるかぎり　楽しみ多い

夢追いかける　熱意あるから
成功信じ　進化をしよう
夢を叶える　道を進もう

夢を叶える歌

世のためになる　夢をめざして
取り組むことを　模索しながら
変化激しい　この世の中で
成功させる　秘訣を探る

環境変化　よく見極めて
始めたことに　全力注ぎ
深い探究　続けることで
めざしたことを　大成させる

世の中にある　チャンス捉えて

どんなときにも　最善尽くし
強い決意を　貫くことで
世のためになる　夢を叶える

花も実もある人生

人生の夢　ひとすじに
叶える手段　考えて
どんな時にも　人の世を
最善尽くし　生きてゆく

一度の人生　たいせつに
迷いとひるみ　はねのけて
こころに決めた　行く末を
自信に満ちて　生きてゆく

何が起きても　しなやかに

勇気と熱意　たぎらせて
花も実もある　人生を
喜び励み　生きてゆく

華やぐ夢を叶えよう

華やぐ夢を　実現したい
やりたいことを　洗い出し
それぞれを　充分吟味して
知恵と技と工夫で　誠実に
自信をもって　進めよう

華やぐ夢を　実現したい
取り組んでいる　ことがらに
渾身の　勢力注ぎ込み
人の協力を得て　推し進め
挑んだ夢を　叶えよう

華やぐ夢を　実現したい
奥義をきわめ　進化して
世の中の　変化にうまく乗り
最後まであきらめず　突き進み
華やぐ夢を　叶えよう

華の都にあこがれて

華の都に　あこがれて
夢を抱いて　来てみると
都の水は　甘くない
新な試練　乗り越えて
わが人生の　花咲かせ
幸せの花　実らせる

向上心を　強くして
奮闘すれば　輝くと
夢見た道は　楽でない
さらに励んで　進化して

わが人生の　花咲かせ
幸せの花　実らせる

輝く道の　夢を見て
やって来たから　おいそれと
弱音を吐いて　帰れない
夢を叶える　努力して
わが人生の　花咲かせ
幸せの花　実らせる

逆転の夢

逆転の夢　あるのなら
夢に向かって　始めよう
発想変えて　こわがらず
勝負に挑む　全力で

逆転の夢　あるという
自信をもって　続けよう
勇気強めて　あきらめず
挑んだ勝負　勝てるまで

逆転の夢　持ち続け

信念強め　やりぬこう
苦難に耐えて　へこたれず
逆転の夢　叶うまで

逆転チャンス

逆転チャンス　世にあるのなら
チャンスを見つけ　奮起する
周到に　新たな戦略が
成功できるように　準備して
逆転ねらい　頑張ろう

逆転チャンス　世にあるという
チャンスを捉え　利用する
真剣に　これからやることが
功を奏するように　考えて
逆転めざし　張り切ろう

逆転チャンス　世にあるかぎり
チャンスを活かし　世を渡る
恐れずに　いましていることが
好転するように　工夫して
世の荒波を　乗り切ろう

逆転したい

出遅れたけど　逆転したい
発想変えて　出直そう
あきらめず　これからの人生
逆転可能だから　頑張ろう
逆転めざし　勇敢に

さき越されたが　逆転したい
戦略変えて　追いこそう
あなどらず　これからの人生
逆転可能だから　張り切ろう
いつも強気で　前向きに

高みをめざし　逆転したい
進化しながら　やりぬこう
へこたれず　これからの人生
逆転可能だから　勤しもう
逆転信じ　懸命に

新たな世界

人のまねして　生きてゆくのは
平凡だから　煌めくように
希望に燃えて　励んでゆける
新たな世界　探して生きる

世のしがらみに　縛られるのは
悩ましいから　こころ豊かに
夢ある暮らし　続けてゆける
新たな世界　伸び伸び生きる

過去の暮らしに　囚われるのは

進歩ないから　思い通りに
自分の力　試してゆける
新たな世界　楽しく生きる

目標めざし日々励む

事前対策　しているけれど
想定外が　現れる
慌てずに　対策をみつけて
どんなことが起きても　突破して
目標めざし　日々励む

始めたことは　順調だけど
想定外が　現れる
勇気出し　思い切りよくして
いつも強い精神　発揮して
目標めざし　日々励む

多くの苦難　乗り越えたけど
想定外が　現れる
あきらめず　活動を続けて
いつも成功信じ　進化して
目標めざし　日々励む

めざす目標叶えよう

生きる節目の　試練乗り越え
チャレンジしよう　懸命に
きつくても　人生のキャリアで
いつも上をめざして　努力して
めざす目標　叶えよう

押し寄せてくる　試練乗り越え
チャレンジしよう　真剣に
つらくても　日々精進重ね
さらに上をめざして　頑張って
めざす目標　叶えよう

想定外の　試練乗り越え
チャレンジしよう　柔軟に
好きなこと　得意なことをやり
もっと上をめざして　進化して
めざす目標　叶えよう

人生模様

人の命は　百年余り
時が経つのは　迅速だから
これから先の　自分独自の
望む生き方　すぐ始めよう

生きた証は　大事な宝
一度限りの　人生だから
味わい深い　自分独自の
輝く歴史　刻んでゆこう

これから先の　人生模様

究めることは　大願だから
きらりと光る　自分独自の
人生模様　仕上げてゆこう

いつも輝く人

自分の使命　探究し
多くの試練　乗り越えて
意義あることを　やりとげる
人望厚い　人めざす

いつも新たに　発想し
精力的に　働いて
請われることを　引き受ける
感謝をされる　人めざす

この世のために　挑戦し

人生かけて　張り切って
期待に応え　やりとげる
人徳のある　人めざす

人の幸せ　大事にし
苦労をいとわず　努力して
望まれること　やりとげる
いつも輝く　人めざす

道を究める

自分の道を　究めるために
最善尽くし　誠実に
勤しもう　使命があるかぎり
いつも積極的に　大胆に
上をめざして　努力をしよう

自分の道を　究めるために
心身鍛え　健やかに
勤しもう　意欲があるかぎり
いつも研さん重ね　懸命に
挑み続けて　成果上げよう

自分の道を　究めるために
心血注ぎ　ひたむきに
勤しもう　体力あるかぎり
いつも進化しながら　細心に
挑み続けて　大成しよう

生涯現役

働くことは　張り合いつくる
能力磨き　誠実に
働こう　生涯現役で
いつも笑顔浮かべて　爽やかに
張り合い求め　頑張ろう

働くことは　生きがいつくる
心身鍛え　健やかに
働こう　生涯現役で
いつも自信に満ちて　前向きに
生きがい求め　張り切ろう

働くことは　幸せつくる
意欲を燃やし　ひたむきに
働こう　生涯現役で
いつも進化続けて　大らかに
幸せ求め　頑張ろう

新たなチャンス

信じる人が　誘ってくれた
新たな分野　チャンスと思い
始めてみよう　成果をめざして
いつも積極的に　懸命に
進化続けて　成果上げよう

交わる人が　打診してきた
大きな課題　チャンスと思い
挑んでゆこう　熱意たぎらせて
いつも能力高め　前向きに
励み続けて　成果上げよう

偉大な人が　話してくれた
大きな夢を　チャンスと思い
挑んでゆこう　成果を信じて
いつも夢に向かって　真剣に
挑み続けて　夢叶えよう

自由業

自由欲しけりゃ　自由得られる
自営の道で　身を立てる
才能を　存分発揮して
いつも成功めざし　面白く
やりがい感じ　仕事する

居場所欲しけりゃ　居場所得られる
フリーランスの　職を得る
着実に　研さんを重ねて
得意分野を強め　進化して
得意分野で　勝負する

知見があれば　知見活かせる
専門職の　仕事する
世の中の　要望に応えて
的を射た助言して　喜ばれ
信頼されて　輝ける

起　業

仕事欲しけりゃ　自分で作る
新規事業を　立ち上げる
時流よみ　創意工夫して
いつも新規事業が　楽しくて
生きがい感じ　張り切れる

お金欲しけりゃ　お金得られる
嘱望される　仕事する
目標を　しっかり定めて
日々の努力続けて　進化して
高い目標　突破する

名誉欲しけりゃ　名誉得られる
有望事業　立ち上げる
こころざし　誠実に果たして
いつも事業のことで　感謝され
尊敬されて　名をあげる

進化をしよう

異質に触れて　進化をしよう
時代遅れに　ならないように
新たなことに　取りくみながら
こころ豊かな　暮らしをしよう

異質を認め　進化をしよう
時代の変化　楽しむために
生きる手ごたえ　味わいながら
潤いのある　暮らしをしよう

異質取り込み　進化をしよう

多様な文化　味わうために
違う考え　同化しながら
いつも輝く　暮らしをしよう

恩師の教え

恩師の教え　大切に
大志を抱き　堂々と
生きがいのある　人生の
理想をめざし　日々励む

希望をもって　晴れやかに
時の流れを　感じとり
やりがいのある　ことがらの
成果をめざし　日々励む

勇気をもって　世のために

心血注ぎ　工夫して
どんな時にも　これからの
成果を信じ　日々励む

こころざし

幼いときに　教わった
世のためになる　こころざし
理想を掲げ　望むこと
本気になって　実行し
サクラのような　花咲かせ
明るくしたい　世の中を

音楽のとき　教わった
世のためになる　こころざし
世界の平和　続くよう
文化活動　盛んにし

オリーブのような　花咲かせ
平和にしたい　世の中を

暮らしの中で　強くした
世のためになる　こころざし
豊かな暮らし　出来るよう
期待に応え　活躍し
リンゴのような　花咲かせ
豊かにしたい　世の中を

大　志

意義あることを　こころざし
成功信じ　日々励む
見えない力　引きよせて
できることから　始めよう

信念強め　勇気だし
日々の努力で　運つかむ
多くの試練　乗りこえて
やりとげるまで　続けよう

積極的に　挑戦し

忍耐強く　日々励む
人の期待を　受け止めて
めざす大志を　叶えよう

大志は強く

大志は強く　持ち続けるよ
福を招いて　にこにこと
勇気持ち　望む世界めざし
こころ華やかになる　夢つれて
いつも明るく　日々励む

大志は強く　あきらめないよ
未来煌めく　きらきらと
熱意持ち　望む世界めざし
こころわくわくさせる　夢つれて
いつも楽しく　突き進む

大志は強く　推し進めるよ
前途はいつも　ようようと
自信持ち　望む世界めざし
みんな幸せになる　夢つれて
いつも輝く　道進む

こころざしの歌

世界の人と　よく調和して
豊かになれる　社会をめざす
変化激しい　世界の中で
未来見据えて　毎日励む

世界の動き　よく見極めて
始めたことを　発展させる
試練や苦境　乗り越えながら
幸せ求め　けなげに励む

大志忘れず　努力続けて

どんな時にも　全力注ぐ
みんなの笑顔　溢れるように
明るい未来　めざして励む

革新しよう

現状変える　革新しよう
視点を変えて　知恵出そう
こころざし　果たしていくために
いつも勇気を出して　頑張ろう
理想に燃えて　真剣に

変化に応じ　革新しよう
未知の世界に　飛び込もう
こころざし　果たしていくために
いつも信念強め　張り切ろう
精魂込めて　前向きに

未来を見据え　革新しよう
自信をもって　進めよう
こころざし　果たしていくために
いつも進化を続け　やり抜こう
全力出して　完璧に

生涯挑戦

望む世界で　独創めざす
発想変えて　勇敢に
続けよう　生涯挑戦を
いつも大志抱いて　真剣に
求める道を　究めよう

未知の世界で　進化をめざす
行動変えて　恐れずに
続けよう　生涯挑戦を
いつも自信と誇り　大切に
求める道を　究めよう

変わる世界で　変化をめざす
方法変えて　大胆に
続けよう　生涯挑戦を
いつも精魂込めて　懸命に
求める道を　究めよう

企業家精神

この世の人の　役に立つため
精進続け　進化して
発揮する　企業家精神を
真に必要なこと　見極めて
できることから　やり遂げる

価値あることを　やり遂げるため
実績積んで　名をあげて
発揮する　企業家精神を
いかに難しくても　適切な
解決策で　乗り越える

新たな世界　切り拓くため
未来先取る　準備して
発揮する　企業家精神を
果てしない可能性　追い求め
最大限の　成果得る

チャンスを活かす

この世にチャンス　もしあるのなら
チャンスを捉え　立ち上がる
あなどらず　新たな目標を
達成できるように　知恵出して
わき目振らずに　勤しもう

この世にチャンス　よくあるという
チャンスを活かす　ことをする
へこたれず　めざした目標を
達成できるように　努力して
活動範囲　広めよう

この世にチャンス　みつかるかぎり
チャンスを活かし　飛躍する
あきらめず　輝く目標を
達成できるように　進化して
評判高め　栄えよう

ナンバーワン

ナンバーワンを　強く願って
新な思考　取り入れて
続けよう　夢追うチャレンジを
いつも人生かけて　試行して
めざしたことを　叶えよう

ナンバーワンを　さらに願って
新な技術　取り入れて
続けよう　燃え立つチャレンジを
いつも成果を信じ　努力して
めざしたことを　叶えよう

ナンバーワンを　常に願って
新な手段　取り入れて
続けよう　輝くチャレンジを
いつも初心忘れず　進化して
めざしたことを　叶えよう

世界一をめざす

めざすはいつも　世界一だよ
一念発起　勇敢に
始めよう　夢追う挑戦を
どんなことが起きても　こわがらず
始めたことを　続けよう

めざすはいつも　世界一だよ
プロの流儀で　懸命に
続けよう　夢追う挑戦を
いかにつらい時でも　へこたれず
挑んだことを　やりぬこう

めざすはいつも　世界一だよ
全力尽くし　着実に
続けよう　夢追う挑戦を
いかに厳しい時も　あきらめず
挑んだ夢を　叶えよう

狙いはぶれず

狙いは高く　世界一だよ
プロに負けずに　懸命に
続けよう　夢追う挑戦を
いつも決意強めて　勇敢に
狙いはちゃんと　叶えよう

狙いはいつも　世界一だよ
無限の努力　惜しまずに
続けよう　燃え立つ挑戦を
いつも自信強めて　誠実に
狙いはちゃんと　叶えよう

狙いはぶれず　世界一だよ
苦難乗りこえ　大胆に
続けよう　輝く挑戦を
いつも積極的に　着実に
狙いはちゃんと　叶えよう

偉業を果たす

緑豊かな　高原の
小径たどると　野辺の花
人待ち顔で　華やかに
見渡すかぎり　咲いている

花に囲まれ　これまでの
歩んだ道を　ふりかえり
わが人生の　これからの
進み行く道　考える

苦楽あざなう　人生の

パズルのような　ことがらに
挑戦的に　取りくんで
偉業を果たす　旅をする

人それぞれ

なりたい自分　人それぞれよ
人には人の　未来あるから
なりたい自分　明らかにして
苦労いとわず　努力をしよう

やりたいことは　人それぞれよ
人まねしても　味気ないから
やりたいことを　よく考えて
できることから　始めてゆこう

楽しいことは　人それぞれよ

後悔しても　仕方ないから
楽しめること　よく見極めて
好きな楽しみ　見つけてゆこう

人生讃歌

わたしは優しい　愛があるから
こころとこころを　通わせながら
人生をかけて　励んでゆける
新たな生き方　探してゆこう

わたしは楽しい　趣味があるから
ときめくこころを　味わいながら
不思議な力が　湧き出してくる
すてきな生き方　続けてゆこう

わたしは嬉しい　夢があるから

生きてる喜び　かみしめながら
新たな生き方　試してゆける
すばらしい夢を　叶えてゆこう

よい趣味持とう

よい趣味持って　生きがい得たい
夢中になれる　読書をすれば
教養高め　成長できる
こころ潤す　暮らしをしよう

四季の移ろい　写真にしたい
嬉しくなれる　よい旅すれば
縮むこころが　膨らんでくる
絶景求め　よい旅しよう

すてきなものを　鑑賞したい

楽しくなれる　よい趣味もてば
澱むこころが　解放される
生きがい求め　よい趣味持とう

歩き回ろう

いつも小まめに　歩いていれば
足腰強め　姿勢よくなり
健脚寿命　延ばしてゆける
楽しみ探し　歩き回ろう

健脚寿命　延ばしていれば
好きな所へ　自由に出かけ
チャンスに出会う　楽しみ増える
よいこと探し　歩き回ろう

いつも楽しく　歩いていれば

こころ豊かに　元気に暮らし
健康寿命　延ばしてゆける
今日も楽しく　歩き回ろう

すてきな暮らし

すべてのストレス　無くせないから
ストレス管理　上手にやって
あくせくしない　おどおどしない
笑顔浮かべて　暮らしてゆこう

活性酸素は　悪さするから
日々のストレス　適切にして
イライラしない　カッカとしない
穏やかな日々　過ごして行こう

ストレス耐性　大切だから

暮らしの中で　耐性つけて
くよくよしない　こせこせしない
すてきな暮らし　続けてゆこう

悠々自適

人まねしても　つまらないから
自分に合った　生き方求め
日々の暮らしを　面白くして
自分の時間　自由に生きる

ない物ねだり　意味がないから
今あるものを　最大限に
活かす方法　考え出して
優雅な時間　楽しく生きる

くよくよしても　仕方ないから

足腰きたえ　健康保ち
この世の命　大切にして
貴重な時間　本気で生きる

幸せの花

人の寿命は　年々伸びる
元気なシニア　魅力あるから
八十代に　元気に生きて
希望の花を　咲かせてゆこう

生きたい歳は　百歳超える
生きる喜び　先にあるから
九十代に　精魂込めて
華やぐ花を　咲かせてゆこう

人の命は　お金に勝る

生きてることは　すばらしいから
百歳になり　万感込めて
幸せの花　咲かせてゆこう

百歳の花

人の命は　年々伸びて
傘寿未満は　花ならつぼみ
傘寿でやっと　八部咲きだよ
百歳迎え　満開になる

傘寿過ぎても　長生きをして
愛する人と　ともに喜び
暮らしの中で　輝いている
すてきな花を　咲かせ続ける

卒寿過ぎても　希望をもって

愛する人と　いつも明るく
知恵と工夫で　笑顔あふれる
百歳の花　満開にする

人生の花

四季折々に　咲く花愛でる
懸命に咲く　花の思いに
強く惹かれて　こころ高ぶる
高ぶるこころ　燃やし続けて
人生の花　育ててゆこう

風雪に耐え　咲く花愛でる
誠実に咲く　花の命に
感激をして　勇気湧き出る
湧き出る勇気　活かし続けて
人生の花　咲かせてゆこう

時が巡ると　咲く花愛でる
華やかに咲く　花の姿に
魅力を感じ　意欲強まる
強まる意欲　保ち続けて
人生の花　輝かせよう

アクティブシニア

長い人生　生き抜くために
人と会うこと　ためらわないで
人の役立つ　ことをしながら
はつらつ生きる　アクティブシニア

日々の暮らしを　よくするために
どんなことでも　いやがらないで
頼まれごとを　引き受けながら
明るく生きる　輝くシニア

生きる喜び　味わうために

どんなときにも　たじろがないで
楽しいことに　精出しながら
天寿を生きる　アクティブシニア

アクティブシニアの歌

仕事仲間の　世話をする
自分の使命　認識し
進化をめざし　努力して
意義あることを　よく成しとげる

地域社会の　世話をする
相談ごとを　傾聴し
自分のことを　後にして
期待に沿って　活躍をする

趣味の仲間の　世話をする

いつも明るく　精を出し
出逢えた人に　感謝して
趣味の道にも　花を咲かせる

日々の幸せ

日々の暮らしに　幸せがある
その幸せを　実感できる
感じる力　磨いていれば
日々の幸せ　感じ取られる

気づかなくても　人それぞれの
目には見えない　幸せがある
気づく力を　強めていれば
幸せ感が　膨らんでくる

幸せ感は　逃げ足早い

油断してると　逃げてゆかれる
どんなときにも　大事にすれば
日々の幸せ　満喫できる

健康長寿

健康長寿　望ましいから
スローライフで　長生きしたい
時代が急いて　駆け抜けようと
程よいペース　保って生きる

健康長寿　願っているから
スローフードで　長生きしたい
ファーストフード　魅力あろうと
健康食を　楽しく食べる
健康長寿　すばらしいから

いつも健康　優先したい
人の生き方　どう変わろうと
居心地のよい　生き方をする

長生きの歌

生きぬくことは　お目出度いから
祝福される　長寿者になり
ギネスブックに　登録される
夢を楽しみ　長生きしよう

生き延びるのに　役に立つから
養生訓を　新たに作り
日々の暮らしの　習慣にする
健康寿命　延してゆこう

生きる張り合い　大切だから

すばらしい夢　楽しく語り
好きなことして　自由に生きる
張り合い感じ　長生きしよう

長生きしたい

百歳以上　長生きしたい
長生きのコツ　探し続けて
いつも生き生き　張り合いのある
新たな暮らし　元気に生きる

百歳以上　長生きしたい
好奇心持ち　未知に向かって
チャレンジ続け　潤いのある
楽しい暮らし　求めて生きる

百歳以上　長生きしたい

すてきな希望　大切にして
こころ豊かな　生きがいのある
日々の幸せ　感じて生きる

長生きしよう

人生いまや　百年時代
生き抜くことは　価値があるから
健康長寿　大切にして
いつも楽しく　長生きしよう

百歳以上　長生きしたい
やりたいことが　多数あるから
価値あることの　順番決めて
悔いのないよう　実行しよう

百歳以上　生き続けたい

生きる喜び　感じたいから
それを味わう　暮らし続けて
楽観的に　長生きしよう

仲間の集い

夢を抱いて　互いに励み
いつもはつらつ　気楽に集い
思い思いに　語らいあって
みんなにこにこ　祝杯あげる

健康長寿　願って励み
馴染みの場所に　楽しく集い
よもやま話　語らいあって
みんな元気で　祝杯あげる

楽しい話　こころが弾み

いつも明るく　こころが若い
こころのゆとり　楽しみあって
みんな晴れ晴れ　祝杯あげる

新型コロナウイルス

新型コロナ　ウィルスは
パンデミックを　引き起こし
世界の人を　困らせる
オリンピックは　延期され
観客なしで　開かれる

三種の密を　避けるため
不要不急の　ことなどは
最少限に　抑えられ
祝祭ごとも　自粛され
旅行もできず　家に居る

ステイホームが　すすめられ
運動不足　続いてる
それでも強く　生きてゆく
早くコロナ禍　無くなれと
毎日願い　暮らしてる

コロナよさらば

新型コロナは　悪魔だよ
油断してると　襲われる
世界の国に　まん延だ
こわいコロナは　いつ消える

新型コロナは　悪魔だよ
多くの人が　死に至る
生きてゆくのが　大変だ
早くコロナは　消えてくれ

新型コロナは　悪魔だよ

多くの人を　苦しめる
日々の暮らしが　窮屈だ
早くなくなれ　この世から

家族の絆

コロナ禍のため　長く会えない
施設の暮らし　寂しいですか
もどかしいけど　妙案がない
危険去るまで　辛抱しよう

コロナ禍の中　動きとれない
日々の暮らしは　楽しいですか
気がかりなので　早く会いたい
家族の思い　薄れないよう

コロナ禍のため　今日も会えない

今の暮らしは　幸せですか
愛しい人の　幸せ願い
家族の絆　強めてゆこう

同輩仲間の絆

コロナ災禍で　友に会えない
生きづらいけど　息災ですか
このご時世で　いまだ会えない
コロナに負けず　励んでゆこう

コロナ禍を避け　外出しない
スティホームは　快適ですか
語り合うため　顔見せしたい
厚い友情　冷まさないよう

コロナ災禍で　しりごみしない

こころのゆとり　感じてますか
会えない友の　幸せ願い
仲間の絆　大事にしよう

コロナ治療に大感謝

世界の人を　震撼させた
コロナ感染　抑え込むため
最善尽くし　治療にあたる
尊い医師に　大感謝する

過酷な中で　使命に燃えて
コロナ患者に　昼夜寄り添い
献身的に　任務にあたる
看護師さんに　大感謝する

特効薬が　まだない中で

コロナ患者の　命を救う
医療現場を　支えてくれる
尊い方に　大感謝する

介護に大感謝

事情があって　介護できない
家族の代わり　要介護者を
きめ細やかに　世話してくれる
施設の方に　大感謝する

家族の意見　よく取り入れて
多彩な行事　行いながら
最善尽くし　世話してくれる
施設の方に　大感謝する

健康維持し　楽しめるよう

ひとり一人に　寄り添いながら
こころを込めて　介護にあたる
施設の方に　大感謝する

こころづかい

コロナ禍のため　花見できない
愛しい人を　思いやるため
華麗に咲いた　サクラの花を
写真に収め　贈ってあげよう

四季折々の　花見できない
愛しい人を　慰めるため
鮮やかに咲く　季節の花を
写真に収め　今日も贈ろう

出かけないので　花見できない

愛しい人を　喜ばすため
こころを込めた　写真を贈り
よい想い出を　作ってあげよう

生きぬこう

人の命は　予測できない
楽観的に　大らかにして
笑顔でいると　長生きできる
生きぬく力　強めて生きる

人の命は　金で買えない
健康食を　毎日食べて
免疫力を　強めて生きる
最善尽くし　自分を生きる

これから先も　よいこと願い

明るい希望　強く抱いて
自分の命　天にまかせる
生きぬく力　信じて生きる

明るい希望

明るい希望　ないのなら
笑顔になって　望むこと
鏡の前で　唱えよう
毎日これを　行なって
明るい希望　創り出す

明るい希望　できたなら
希望に燃えて　張り切って
日々の努力を　続けよう
めざす成果を　ありありと
こころに描き　日々励む

明るい希望　持ち続け
精進続け　進化して
成功すると　信じよう
試練の波を　乗り越えて
明るい希望　実らせる

楽しい生き方

この世の中には　いろいろ起きる
苦悩は尽きない　世の中だから
生じる苦悩を　歓喜に変えて
楽しい生き方　見つけて生きる

望まないことは　いろいろ起きる
考え及ばず　想定外や
誤算があっても　よく切り抜けて
楽しい生き方　創って生きる

悩ましいことは　いろいろ起きる

悩み続けても　仕方ないから
苦悩のかたまり　水に流して
楽しい生き方　本気で生きる

共存共栄

多くの人と　相互の理解
いつも深めて　生きてゆく
聴きあおう　相手の本心を
互いの想い　理解して
わだかまりなく　生きようよ

多くの人と　相互信頼
いつも深めて　生きてゆく
求めよう　よりよい生き方を
夢と喜び　分けあって
おおらかになり　生きようよ

多くの人と　相互繁栄
いつもめざして　生きてゆく
味わおう　豊かな生活を
満足感を　強くして
ともに栄えて　生きようよ

ウェルビーイング

人の価値観　異なる中で
どの人々も　理解しあって
信頼感を　深めてゆこう
どんなときにも　おおらかにして
協力しあい　幸せになる

激しく変わる　時代の中で
どの人々も　互いの想い
よく調和させ　進化をしよう
夢が膨らむ　未来めざして
ともに栄えて　幸せになる

個性尊ぶ　社会の中で
どの人々も　みな健康で
自己実現を　果たしてゆこう
あふれる愛で　力合わせて
夢を叶えて　幸せになる

幸せ人生

幸せ感が　幸せを呼ぶ
和合と感謝　大切に
呼びこもう　大きな幸せを
いつも一所懸命　働いて
お金のゆとり　編みだそう

楽しむこころ　幸せを呼ぶ
謙虚と反省　大切に
呼びこもう　すてきな幸せを
いつも未来を信じ　工夫して
時間のゆとり　楽しもう

交わる人が　幸せを呼ぶ
一期一会を　大切に
呼びこもう　輝く幸せを
いつも教養高め　進化して
こころのゆとり　広げよう

幸ある暮らし

ほほえむこころ　幸せつくる
明るく人を　思いやり
育もう　日頃の幸せを
ほほえむこころ　大切に
幸ある暮らし　編みだそう

感じるこころ　幸せつくる
優しく人を　思いやり
呼びこもう　尊い幸せを
感じるこころ　大切に
幸ある暮らし　楽しもう

愛するこころ　幸せつくる
いつでも人を　思いやり
叶えよう　ほんとの幸せを
愛するこころ　大切に
幸ある暮らし　続けよう

みんな楽しく

どの人々も　自由に生きる
権利あること　認めてゆこう
互いの自由　尊重しつつ
みんな仲良く　暮らしてゆこう

どの人々も　自由に生きる
共通ルール　守ってゆこう
互いの名誉　尊重しつつ
日々の暮らしを　楽しくしょう

どの自由にも　限界はある

責任のある　発言しよう
責任のある　行動しつつ
みんな楽しく　活躍しよう

大きな願い

安心できる　住みよい社会
世界の人と　実現したい
みんなの瞳　きらりと光る
明るい未来　招いてゆこう

潤いのある　楽しい社会
世界の人と　分かちあいたい
みんなのこころ　希望に燃える
楽しい未来　築いてゆこう

ともに栄える　平和な社会

世界の人と　実現したい
みんな仲良く　生活できる
大きな願い　叶えてゆこう

幸せになろう

どの人々も　平和に生きる
権利あること　認めてゆこう
互いの命　大事にしあい
平和に生きる　道を探そう

世界の人と　仲良く生きる
共通ルール　守ってゆこう
互いの文化　尊重しあい
文化交流　続けてゆこう

どの人々も　幸せになる

権利あること　認めてゆこう
互いの想い　尊重しあい
望む幸せ　叶えてゆこう

平和の願い

人の命は　金で買えない
世界の人の　命を守り
平和のために　望ましいこと
可能なことを　実行しよう

尊い命　粗末にしない
世界の人の　命尊び
望む暮らしと　幸せのため
意義あることを　やり続けよう

生きる権利を　大事にしたい

世界の人が　平和に生きて
いつも笑顔で　楽しい日々を
送れるように　励んでゆこう

おわりに

近年、働き方改革、リスキリング、副業、起業、フリーランス、多様性、共生、ウェルビーイングなどのことが報道されております。

そこで、これらの考え方を積極的に追求して行動する人々へエールを送る意味で、チャレンジしよう、夢に向かって、夢を叶える、逆転チャンス、生涯現役、自由業、起業、こころざし、生涯挑戦、企業家精神、ナンバーワン、世界一をめざす、偉業を果たす、共存共栄、ウェルビーイングなどの定型詩をシリーズで創作して、「それでも生きる」の項目の中に提示いたしました。

この詩集で公表した定型詩に伴奏曲をつけて、できるだけ多くの人々に歌い継がれていくことを望んでおります。

生きていくのに困難な状況がこれからも発生すると予想されますが、

それらの厳しい状況を乗り越えること、そして平和な社会が訪れ、誰もが幸福になることを切に願っております。

著者略歴

佐藤鐵夫（さとうてつお）

一九三八年十二月　福島県福島市生まれ

一九六三年三月　横浜市立大学商学部卒業

一九六三年四月　キヤノンカメラ（現キヤノン）株式会社へ入社

二〇〇一年十二月　キヤノン株式会社を定年退職

二〇〇二年一月–二〇二三年十二月

ベスト人材開発を起こし、産業人を対象とした人材開発のコンサルティング、研修コースの開発、教材開発、指導などを実施

著書、執筆論文

「研修スタッフ実務マニュアル」（共著日本産業訓練協会）

「Presentation & Planning Program」（COSS研究所）

その他、人材開発に関する論文など多数

佐藤鐵夫　詩集1

二〇二五年二月十日　初版第一刷発行

著　者　佐藤鐵夫

発行者　谷村勇輔

発行所　ブイツーソリューション

〒四六六・〇八四八

名古屋市昭和区長戸町四・四〇

電　話　〇五二・七九九・七三九一

FAX　〇五二・七九九・七九八四

発売元　星雲社（共同出版社・流通責任出版社）

〒一一二・〇〇〇五

東京都文京区水道一・三・三〇

電　話　〇三・三八六八・三二七五

FAX　〇三・三八六八・六五八八

印刷所　モリモト印刷

ISBN978-4-434-35119-8